Yasutaka Tsutsui

La traversée du temps

Traduit du japonais
par Jean-Christian Bouvier

l'école des loisirs
11, rue de Sèvres, Paris 6e

Première édition dans la collection Neuf, mars 1990
TOKI WO KAKERU SHOJO, *Yasutaka Tsutsui*

Édition originale japonaise publiée par Kadokawa Shoten
Les droits pour la langue française furent négociés au nom de Yasutaka Tsutsui par Japan Foreign-Rights Centre
Loi n° 49.956 du 16 juillet 1949 sur les publications destinées à la jeunesse : juin 2007
Dépôt légal : décembre 2020
Imprimé en France par Aubin Imprimeur

ISBN : 978-2-211-30623-2

L'ombre noire

Après la journée de classe, un calme un peu triste régnait dans l'école. De temps en temps, le bruit d'une porte résonnait dans les couloirs déserts tandis que de l'autre côté de la cour, dans la salle des fêtes, quelqu'un jouait une polonaise de Chopin. Kazuko Akiyama, élève de troisième, achevait le ménage de la salle de sciences naturelles avec deux garçons de sa classe, Masaru Fukamachi et Goro Asakura.

– Laissez, dit-elle, je me charge de la poubelle, allez vous laver les mains.

– Vraiment ? Merci.

Les deux garçons se dirigèrent vers les lavabos. En les regardant s'éloigner côte à côte,

Kazuko ne put s'empêcher de sourire. Ils formaient vraiment un curieux tandem : Masaru était aussi grand et maigre que Goro était petit et rondouillard ! Tous les deux travaillaient bien en classe mais de façon très différente. Goro était un bûcheur au tempérament impulsif ; Masaru, au contraire, était un doux rêveur, toujours perdu dans ses pensées.

Dans les lavabos, Goro leva la tête vers son ami.

– Kazuko est adorable à tous les points de vue, mais les frustrations de son « instinct maternel » me tapent sérieusement sur les nerfs.

Il bombait le torse et se gargarisait de mots pour compenser sa petite taille.

Masaru le regarda tranquillement du haut de ses vingt centimètres supplémentaires.

– Comment cela ?

– Tu n'as pas entendu comme elle nous parle ! s'écria Goro, le visage congestionné, toujours prêt à monter sur ses grands chevaux pour de petites causes. C'est une vraie mère poule :

elle nous traite comme des bébés. « Allez vous laver les mains... » et puis quoi encore !

– Tu as peut-être raison... répondit mollement Masaru, que l'acte de se laver les mains semblait plonger dans une profonde méditation.

Après avoir déposé le sac-poubelle derrière l'école, Kazuko remonta ranger les ustensiles de ménage. Tout le matériel était entreposé dans la salle de travaux pratiques, dont une porte donnait sur le couloir et l'autre sur la classe de sciences naturelles. Kazuko passa par la salle de classe et posa la main sur le bouton de la porte.

Elle s'immobilisa, la main crispée sur la poignée : elle avait entendu un bruit derrière la mince cloison.

La salle de travaux pratiques ne méritait guère son nom. C'était plutôt un débarras où étaient disposées pêle-mêle toutes sortes de choses peu attirantes : outre les ustensiles de ménage, on y trouvait des collections d'insectes, des maquettes de squelettes, des animaux empaillés, des produits chimiques... Kazuko, pour sa part, avait le cœur bien accroché, mais la plupart de ses camarades avaient l'endroit en horreur.

– C'est bizarre, murmura-t-elle, il ne devrait y avoir personne… monsieur Fukushima, peut-être ?

Non, le professeur de sciences naturelles était sorti tout à l'heure dans le couloir ; elle l'avait vu fermer la porte à clé et s'éloigner. Qui était-ce, alors ? Tout en restant sur le qui-vive, elle se résolut à ouvrir la porte.

Un bruit de verre brisé la fit sursauter.

– Qui est là ?

Elle cligna les paupières, cherchant à percer la pénombre. Des éprouvettes étaient alignées sur une table au milieu de la pièce : l'une d'elles était tombée sur le sol et s'était brisée, répandant un liquide d'où s'élevait une faible vapeur blanche.

Quelqu'un était en train de faire une expérience… mais qui ? Où était-il ?

Kazuko s'approcha pour lire l'étiquette collée sur le tube de verre, quand soudain une ombre noire surgit de derrière l'étagère des produits chimiques et disparut en direction du paravent placé devant la porte du couloir.

– Ah !

Était-ce un voleur ? Elle resta un moment figée sur place, incapable de faire un pas.

– Qui êtes-vous ? s'écria-t-elle à bout de nerfs. Ne cherchez pas à me faire peur ! Montrez-vous !

On essayait d'ouvrir la porte du couloir.

– C'est inutile, cria-t-elle en direction du paravent, monsieur Fukushima l'a fermée à clé.

Elle sentait que, si elle arrêtait de parler, elle allait s'évanouir. Le cliquetis de la serrure avait cessé. On n'entendait plus rien. Un calme et un silence inquiétants régnaient maintenant dans la pièce.

– J'ai compris ! C'est toi, Goro ! Tu es avec Masaru ? Vous voulez me faire peur, n'est-ce pas ?

Elle n'obtint aucune réponse. Dominant sa frayeur, elle s'approcha tout doucement et risqua craintivement un coup d'œil derrière le paravent.

Elle sursauta.

Il n'y avait personne !

Une odeur de lavande

– Mais… où est-il passé ? s'exclama-t-elle.

Elle n'avait pas rêvé. Elle avait vu, de ses yeux vu, une forme humaine se réfugier derrière le paravent !

Elle vérifia la porte qui donnait sur le couloir : elle était bien fermée à clé. Personne n'avait pu s'enfuir par là.

Le mystérieux visiteur ne s'était tout de même pas volatilisé ! Pourtant, elle ne pouvait que constater qu'il avait bel et bien disparu… C'était à n'y rien comprendre…

Kazuko fit lentement demi-tour et revint vers la table sur laquelle étaient alignées les éprouvettes.

Elle réalisa qu'une faible odeur flottait dans la pièce... C'était une essence très agréable qui semblait provenir de l'éprouvette cassée...

Kazuko était profondément émue : cette odeur éveillait en elle des souvenirs anciens...

Je connais cette odeur...

Elle était incapable d'analyser les battements de son cœur ; c'était si doux, si nostalgique et en même temps si fugitif...

Elle saisit l'un des trois flacons débouchés posés sur la table et n'eut même pas le temps d'en déchiffrer l'étiquette.

Un souffle capiteux imprégna brusquement ses sens. Tout se mit à tourner autour d'elle, elle vacilla et s'effondra sur le sol, inanimée.

Quelques minutes plus tard, Masaru et Goro revinrent dans la salle de cours.

– Kazuko ! cria Goro en ouvrant la porte. Nous rentrons, je t'ai apporté ton cartable.

Voyant qu'il n'y avait personne, il se retourna vers Masaru.

– Mais que fabrique-t-elle ? Elle en met du

temps pour jeter un sac-poubelle ! Je te parie qu'elle est en train de bavarder avec une copine, et quand les filles commencent à papoter !...

– Non, elle doit être dans la salle de TP en train de ranger les ustensiles de ménage, dit Masaru en montrant la porte entrouverte.

Goro, les bras encombrés des deux cartables, poussa la porte et entra.

– Je te l'avais dit, elle n'est pas là !

Mais, au lieu de prendre son petit air habituel de « celui-qui-a-toujours-raison », il se mit à hurler.

Masaru se précipita : Kazuko Akiyama était allongée sur le sol, inerte. Goro était debout, pétrifié, à côté d'elle.

– Elle est morte ? demanda-t-il d'une voix tremblante.

– Imbécile, ne dis pas de bêtises !

Masaru se pencha sur Kazuko.

Il lui prit le pouls, puis la souleva sous les épaules.

– Ce n'est pas grave, prends-lui les jambes.

– Pour… pour quoi faire ?

– Pour la transporter à l'infirmerie, bien sûr ! Ce n'est qu'un étourdissement…

Il n'y avait personne à l'infirmerie ; ils l'allongèrent sur le lit.

– Je vais chercher un prof, dit Masaru. Pendant ce temps, ouvre la fenêtre et passe-lui un peu d'eau froide sur le front.

Goro acquiesça craintivement d'un signe de tête. Une fois Masaru parti, il obéit machinalement, ouvrit la fenêtre et posa doucement son mouchoir humecté d'eau froide sur le front blanc de Kazuko. Il était au bord des larmes.

D'après lui, l'école était responsable ; c'était de la folie de confier le ménage de tout l'étage de sciences naturelles à trois élèves seulement !

Il eut le temps de déposer plusieurs fois la compresse d'eau froide sur le front de Kazuko.

– Kazuko, réveille-toi, je t'en supplie !

Masaru revint enfin accompagné de monsieur Fukushima, qu'il avait trouvé dans la salle des professeurs.

– Ça m'a tout l'air d'être une crise d'hypoglycémie, dit le maître. Je vais lui faire une piqûre de sérum.

Peu après, Kazuko reprit connaissance.

– Que s'est-il passé ?

– Tu as eu un étourdissement dans la salle de TP, dit Masaru.

Toute la scène lui revint à l'esprit.

Elle reprit son souffle et leur raconta son étrange mésaventure.

– Quoi ? Une ombre humaine ?

Les deux garçons et le maître échangèrent un bref regard d'incrédulité.

– Pourtant, fit Masaru, quand nous t'avons trouvée, il n'y avait ni flacons ni éprouvettes sur la table et je n'ai pas senti d'odeur particulière.

– Ce n'est pas possible ! s'écria Kazuko. Je ne suis pas folle !

Elle se redressa brusquement.

– Allons-y ensemble !

– Doucement, pas si vite ! fit monsieur Fukushima. Tu as besoin de repos. Comment te sens-tu ?

– Beaucoup mieux. Allons-y.

– Bon, d'accord, mais je vous accompagne...

Masaru avait raison : il n'y avait rien sur le bureau et toute trace de débris de verre sur le sol avait disparu.

– C'est incroyable, fit Kazuko, profondément troublée.

– Quelle sorte d'odeur était-ce ? lui demanda le professeur.

– Une odeur douce, comment dire ?...

Soudain, elle frappa dans ses mains.

– C'était... une odeur de lavande !

– De lavande ?

– Oui. Quand j'étais à l'école primaire, ma mère m'a mis une fois un peu d'eau de toilette parfumée à la lavande. C'était de la lavande...

Elle baissa la tête ; son explication n'était pas suffisante... La lavande, ou plutôt cette odeur, évoquait en elle, dans le fond de son cœur, d'autres souvenirs... bien plus importants...

Mais lesquels ?

Elle resta silencieuse, incapable de le trouver.

La terre tremble

Les jours suivants furent assez désagréables.

Kazuko n'était pas vraiment malade, mais elle se sentait mal dans sa peau et n'avait aucune énergie.

Elle se demandait si l'odeur de lavande de la salle de travaux pratiques n'était pas à l'origine de ces accès de mélancolie.

Trois jours passèrent.

Le soir, après avoir terminé ses devoirs, Kazuko se glissa dans son lit vers onze heures. Malgré la partie de basket-ball qu'elle avait disputée dans la journée, elle n'arrivait pas à trouver le sommeil. Les yeux grands ouverts, elle fixait le plafond de sa chambre tout en se remémorant l'étrange scène du samedi.

Soudain, un grondement sourd se fit entendre.

Son lit se mit à vibrer.

Un tremblement de terre ! Le sol se mit à frémir, les piliers de la chambre grincèrent... C'était une secousse particulièrement violente...

– Ah !

Elle se leva d'un bond. Elle détestait les tremblements de terre. Elle se précipita dans le couloir en chemise de nuit ; les vitres des fenêtres vibraient comme des castagnettes... Quand elle arriva dans l'entrée, la secousse se calma. Sa mère et ses petites sœurs s'étaient également levées ; elles étaient livides.

– Il va y avoir une seconde secousse ! cria Kazuko. Vite, dans le jardin !

Elles se réfugièrent dans le petit jardin qui entourait la maison. Un vent frais les fit frissonner. La deuxième secousse se produisit, heureusement moins forte que la première. Rassurées, elles rentrèrent dans la maison. Kazuko se glissa à nouveau dans ses draps. Elle entendait son cœur battre très fort.

Elle eut du mal à s'endormir. Elle était à peine assoupie que des cris perçants dans la rue la firent sursauter.

– Au feu !

– Au feu ! Au feu !

Elle se releva, ayant envie de pleurer et se demandant pourquoi le sort s'acharnait ainsi sur la ville ce soir-là. Elle écarta les rideaux de dentelle de sa chambre et regarda par la fenêtre. Deux pâtés de maisons plus loin, la cheminée du bain public était enveloppée d'une épaisse fumée.

Kazuko frémit : les parents de Goro Asakura étaient marchands de couleurs ; ils habitaient au-dessus du magasin, juste à côté du bain !

Deux voitures de pompiers passèrent sous la fenêtre en faisant hurler leurs sirènes.

Il faut que j'y aille !

Elle passa une cape sur sa chemise de nuit et sortit dans le couloir.

– Où vas-tu ? lui demanda sa mère à travers la cloison de sa chambre.

– Il y a un incendie du côté de chez Goro Asakura, j'y vais.

– Reste ici, c'est dangereux !

Faisant semblant de ne pas entendre, elle mit rapidement ses *geta** et se précipita dehors.

Une foule désordonnée se pressait sur les lieux de l'incendie ; le feu semblait s'être déclaré dans la cuisine, derrière l'établissement de bains. Pour l'instant, le magasin des parents de Goro ne risquait rien.

– Reculez ! On ne peut pas passer, vous gênez les pompiers ! criait un policier d'une voix enrouée en repoussant les curieux sortis de chez eux en pyjama.

Debout au milieu de la foule, Kazuko regardait les pompiers lutter contre les flammes.

– Il paraît que c'est le réchaud à gaz de la

* Sandales en bois.

cuisine qui s'est renversé pendant le tremblement de terre, dit un homme à son voisin.

Soudain, quelqu'un lui tapa sur l'épaule. Elle se retourna.

– C'est toi, Masaru ! Je m'inquiétais pour la maison de Goro.

– Moi aussi, mais heureusement ce n'est pas grave, dit Masaru d'une voix tranquille.

L'incendie, en effet, fut rapidement maîtrisé. Ils allèrent trouver Goro, qui était sorti de chez lui en *nemaki**. Sa maison avait heureusement échappé au sinistre.

Chacun ensuite rentra chez soi.

Cette nuit-là, quand Kazuko s'endormit, complètement épuisée, il était plus de trois heures du matin. Elle fut assaillie de rêves étranges.

* Kimono de nuit.

Une ombre noire, de forme humaine, s'élevait dans le ciel au-dessus des flammes, puis, soudain, les murs de la salle de travaux pratiques l'entouraient, se mettaient à onduler et à tournoyer autour d'elle.

Elle se réveilla, elle était en nage.

La lumière du matin éclairait la chambre à travers les rideaux. Quelle heure était-il ? Elle regarda son réveil et bondit hors du lit, affolée. Elle était en retard !

Elle expédia son petit déjeuner en toute hâte et sortit en courant. Elle avait mal à la tête de n'avoir pas assez dormi et ses jambes étaient en coton.

Arrivée sur le boulevard, elle aperçut Goro Asakura qui approchait du carrefour.

– Nous sommes en retard, lui dit-elle en le rattrapant.

Il se retourna, soulagé de n'être pas seul en retard.

– Je ne me suis pas réveillé à cause de l'incendie…

Au même instant, le feu des piétons passa au vert.

Ils s'engagèrent tous les deux en courant. Ils étaient arrivés au milieu de la chaussée quand une voix cria :

– Attention !

Kazuko sursauta. Tout près, un grand coup de klaxon retentit à ses oreilles. Un poids lourd avait brûlé le feu et fonçait droit sur eux à tombeau ouvert.

Prise de panique, elle voulut faire demi-tour et bouscula Goro, qui marchait sur ses pas. Ils tombèrent ensemble au milieu des clous. En roulant sur le macadam, Kazuko vit les énormes pneus du camion se précipiter sur elle.

– Il va m'écraser !

Elle ferma les yeux de toutes ses forces.

Entre le rêve et la réalité

Je vais mourir ! Le camion va m'écraser et je vais mourir… Pourquoi ne suis-je pas restée au lit ? J'aurais mieux fait de dormir… C'est parce que je n'ai pas assez dormi que je n'ai pas vu le camion… C'est trop tard maintenant…

Inconsciemment, elle éprouvait le désir irrésistible de retrouver la chaleur douillette de son lit. Le macadam vibrait sous les énormes pneus du poids lourd qui s'approchait à une vitesse folle… Ses paupières se contractèrent en un réflexe désespéré.

– Non ! Ah…

Deux secondes passèrent, trois, puis dix… Rien n'arrivait.

C'est étrange…

Les yeux toujours fermés, Kazuko perdit connaissance.

Une sensation de bien-être la réveilla ; la douce chaleur du lit qu'elle avait réclamée avant de mourir s'était comme reconstituée autour d'elle.

Surprise, elle ouvrit les yeux. La lumière du matin éclairait la chambre à travers la dentelle du rideau : elle était en chemise de nuit dans « son » lit. Dans « sa » chambre.

J'ai rêvé, se dit-elle.

Mais était-ce vraiment un rêve ? Il y avait dans ses souvenirs quelque chose de trop précis pour n'être qu'un rêve : le coup de klaxon, le cri du passant, la plainte de Goro… tout était si présent à son esprit… Non, cela ne pouvait pas être un rêve.

Elle eut soudain mal à la tête.

Le réveil marquait sept heures et demie. Elle avait largement le temps de déjeuner tranquillement avant d'aller à l'école.

Quand elle s'était réveillée, tout à l'heure, elle était en retard. C'était pour cette raison qu'elle avait traversé sans regarder devant le camion… Elle avait rêvé. Le temps n'était pas revenu en arrière…

Et pourtant, cela lui semblait si réel…

Elle s'assit lentement sur son lit.

Tout avait l'air normal dans la maison ; comme chaque matin, sa mère et ses petites sœurs étaient dans la cuisine et prenaient joyeusement leur petit déjeuner. Elle ne se sentait aucun appétit et se prépara rapidement.

C'est la deuxième fois que je sors de la maison aujourd'hui ! Il n'en faudrait pas beaucoup plus pour que je devienne folle, se dit-elle.

Arrivée sur le boulevard, elle s'approcha du carrefour. Cette fois-ci, elle ne vit pas Goro et aucun camion ne brûla le feu rouge. Rien d'anormal ne se produisit sur le trajet.

À l'école, elle chercha aussitôt Goro parmi ses camarades, mais il n'était pas encore arrivé. Elle avait envie de lui parler, de savoir s'ils avaient vraiment failli se faire écraser par un camion ou bien si elle avait tout simplement rêvé.

– Bonjour ! fit une voix dans son dos.

C'était Masaru Fukamachi.

– Bonjour, répondit-elle en se demandant si elle devait lui raconter l'étrange incident du matin.

Masaru était un garçon posé et intelligent qui trouverait certainement les mots qu'il fallait pour la rassurer. Elle préféra cependant attendre que Goro soit là pour en discuter à trois.

– Tu as mauvaise mine, ça ne va pas ? lui demanda Masaru, qui était sensible aux moindres détails.

– Ce n'est rien, dit-elle en hochant légèrement la tête. Entre le tremblement de terre et l'incendie de la nuit dernière, je n'ai pas assez dormi.

Masaru la dévisagea d'un air étonné.

– Quel tremblement de terre et quel incendie ? Je ne suis au courant de rien.

– Tu plaisantes ou quoi !

C'était à son tour de tomber des nues.

– Il y a eu un grand tremblement de terre et ensuite la maison de Goro a failli brûler dans un incendie... Nous nous sommes mêmes rencontrés devant chez lui! Ne me dis pas que tu as tout oublié!

– Comment, «nous»?... Toi et moi? Tu as dû rêver...

Rêver? C'était donc un rêve...

Elle resta stupéfaite, les yeux fixés sur le visage bien régulier de Masaru.

L'équation de la veille

Avait-elle rêvé ce tremblement de terre ? N'y avait-il pas eu d'incendie à côté de chez Goro ? Et la couleur des flammes s'élevant dans la nuit ? Et les propos échangés avec Masaru ? Tout était si net dans son esprit, comment était-il possible que ce n'ait été qu'une illusion ? Sa mémoire pouvait-elle lui jouer de tels tours ?

Elle baissa la tête.

– Pourtant, murmura-t-elle, la nuit dernière, nous nous sommes rencontrés…

Sa voix était si faible que Masaru n'avait pas saisi ce qu'elle avait dit ; il se pencha vers elle.

– Tu… tu étais en pyjama…

– C'est bien la preuve que tu as rêvé ! répliqua aussitôt Masaru en souriant. Tu m'as fait peur, avec cette rencontre dont je ne me souvenais pas. Un peu plus et je me croyais somnambule ! C'est en rêve que tu m'as vu en pyjama, car, vois-tu, je mets toujours un nemaki pour dormir. Je n'ai pas de pyjama…

L'argument laissa Kazuko sans force.

– Tu as raison, j'ai dû rêver, dit-elle sans conviction.

Non, ce n'est pas possible… je n'arrive pas à y croire, je n'ai pas rêvé !

– Salut ! fit Goro en entrant dans la classe.

– Dis donc, Goro, lui demanda Masaru, il paraît que ta maison a failli brûler la nuit dernière.

Le visage de Goro s'empourpra.

– Qu'est-ce que c'est que cette histoire ? dit-il en se dressant sur ses ergots. Qui raconte un truc pareil ?

– Personne, s'empressa de dire Masaru, c'est moi qui avais mal compris. Tant mieux d'ailleurs, tant mieux…

Kazuko remercia mentalement Masaru de lui épargner la colère de Goro. Rien n'était pour autant réglé et la plus grande confusion régnait dans son esprit.

Le premier cours commença. C'était l'heure des mathématiques. Quand la grosse madame Komatsu commença à écrire les équations au tableau, Kazuko eut un mouvement de surprise.

Tiens, elle reprend le même exercice qu'hier matin.

Kazuko s'en souvenait bien : c'était elle qui avait planché au tableau. Elle avait souffert mille morts avant de venir à bout de l'équation.

– Je l'ai déjà fait hier ! marmonna-t-elle.

Mariko Kamiya, sa voisine, se tourna vers elle, étonnée.

– Tu savais qu'elle allait donner cet exercice aujourd'hui ?

– Bien sûr que non ! On l'a fait ensemble en classe hier. Tu l'as déjà oublié ?

– Tu te trompes, c'est la première fois que nous voyons cet exercice.

– Regarde dans ton cahier, tu verras bien !

Saisie d'un doute soudain, Kazuko ouvrit son cahier. Il n'y avait rien d'écrit à la page de la veille : elle était blanche ! Kazuko faillit hurler. Qu'étaient devenus l'énoncé du problème et sa solution ?

Mariko Kamiya vit avec inquiétude le visage de son amie devenir livide.

– Bien, qui va venir résoudre cette petite équation ? demanda madame Komatsu.

Elle avait achevé d'écrire l'énoncé au tableau et promenait son regard sur la classe. Exactement comme la veille.

Kazuko sentit que tout commençait à tourner devant elle : le visage de Mariko qui la regardait, les reflets des lunettes de la prof, l'équation sur le tableau noir…

Elle ferma les yeux.

Elle va m'interroger, j'en suis sûre, comme hier…

– Akiyama, voulez-vous bien venir au tableau ? fit madame Komatsu.

– Ou… oui…

Kazuko se leva, affolée, monta sur l'estrade,

saisit un morceau de craie et écrivit, comme dans un état second, la réponse de l'exercice qu'elle avait fait la veille.

C'est maintenant que je rêve, se dit-elle. *Le tremblement de terre, l'incendie et le camion étaient plus proches de la réalité que le cauchemar que je vis en ce moment !*

– Vous vous en êtes remarquablement bien tirée, commenta madame Komatsu, un peu interloquée, en clignant des yeux.

Kazuko s'inclina et regagna sa place. Elle se pencha vers sa voisine.

– Dis, Mariko…

– Oui…

– Aujourd'hui, nous sommes bien mercredi, le dix-neuf, n'est-ce pas ?

Mariko hésita une seconde.

– Non… aujourd'hui, nous sommes mardi, le dix-huit.

Le calendrier détraqué

Ce jour-là, Kazuko eut le sentiment horrible d'assister à la répétition d'une série de cours qu'elle avait déjà suivis !

De retour chez elle, elle chercha une explication aux étranges phénomènes qu'elle vivait depuis la nuit précédente. Plus elle y réfléchissait, moins elle comprenait.

Le temps serait-il revenu en arrière d'une journée ? Le matin du dix-neuf brusquement revenu au matin du dix-huit ? Non, ce n'est pas cela, sinon les autres s'en seraient aperçus également…

Elle avait l'impression de se cogner la tête contre un mur.

Ou bien alors, il n'y a que moi qui suis revenue en arrière de vingt-quatre heures. Oui, c'est la seule explication possible ! Mais pourquoi m'arrive-t-il une pareille aventure ?

Elle sursauta.

Mon Dieu ! Si aujourd'hui, c'est hier... enfin, si nous sommes le mardi dix-huit, y aura-t-il un tremblement de terre ce soir ? La maison de Goro va-t-elle brûler dans un incendie ?

Rongée d'inquiétude, Kazuko ne tenait plus en place. Elle laissa son travail ; au diable, les devoirs, surtout ceux-ci qu'elle avait déjà faits ! Elle sortit au hasard dans la rue.

Elle ne savait pas où aller, mais éprouvait le besoin de parler à quelqu'un. Elle pensa d'abord à Goro, mais, sous ses grands airs, ce n'était qu'une tête de linotte. En revanche, bien que jamais pressé et toujours dans la lune, Masaru lui paraissait plus réfléchi et plus solide.

Elle décida d'aller le voir.

Masaru Fukamachi habitait une belle maison de style européen à un étage. À droite, en entrant dans le jardin, il y avait une serre chauffée où son père faisait pousser toutes sortes de plantes plus rares les unes que les autres.

Une odeur suave pénétra ses narines.

– Tiens, de la lavande, murmura-t-elle en humant à pleins poumons les effluves parfumés qui embaumaient.

Un jour, le père de Masaru lui avait fait visiter la serre.

La lavande était un arbrisseau vert toute l'année. Il lui avait expliqué que dans les pays méditerranéens on utilisait les petites fleurs de lavande, qui sont d'un violet tendre, pour parfumer les eaux de toilette.

C'était bien cette fragrance qu'elle avait respirée dans la salle de travaux pratiques. Était-ce le souvenir imprécis de sa visite ici que l'odeur de lavande avait éveillé en elle ? Elle restait pensive, debout devant l'entrée de la maison, quand la fenêtre de la chambre de Masaru s'ouvrit. Il apparut en compagnie de Goro.

– Ah ! c'est toi, Kazuko. Qu'y a-t-il ? Ne reste

pas dehors, entre. Nous ne sommes que tous les deux.

Elle connaissait la maison et monta directement dans la chambre de Masaru.

En voyant sa mine défaite, les deux garçons s'inquiétèrent.

– Qu'est-ce qui t'arrive ?

– J'ai à vous parler, dit-elle.

Elle s'était assise à genoux sur le tatami, dans la position traditionnelle. Instinctivement, les deux garçons en firent autant.

– Est-ce donc si grave ?

Kazuko hésita. Ils ne la croiraient certainement pas, mais cela valait mieux que de rester seule à se ronger les sangs. Elle n'en pouvait plus... Elle se décida à tout leur raconter.

– Ce qui m'arrive est tellement incroyable que je ne sais pas si je vais trouver les mots pour vous l'expliquer... En tout cas, ne riez pas et écoutez-moi jusqu'au bout.

Au fur et à mesure qu'elle racontait son étrange aventure, Masaru et Goro, bien loin de rire, l'écoutaient bouche bée en retenant leur souffle.

Quand elle eut terminé, elle poussa un soupir de soulagement.

– Maintenant, vous êtes libres de me croire ou non ; moi-même, je n'arrive pas à comprendre ce qui m'arrive ! En tout cas, ce que je viens de vous raconter, je l'ai vraiment vécu, je ne l'ai pas rêvé, ça, j'en suis sûre et certaine !

Masaru et Goro restaient pensifs, sans rien dire. L'histoire de Kazuko semblait complètement abracadabrante, mais la gravité de son visage les impressionnait.

– Je voudrais bien te croire, dit Goro doucement, tu sais bien que j'ai confiance en toi, mais il doit s'agir d'un malentendu.

Kazuko baissa la tête, découragée. Comme elle l'avait prévu, ils ne la croyaient pas. Le ton de Goro était d'ailleurs un peu sentencieux et protecteur.

– Comment veux-tu que le temps revienne en arrière d'une journée, c'est impossible...

– Attends, intervint Masaru. Elle a peut-être des pouvoirs particuliers que nous ignorons.

Le visage de Goro s'empourpra.

– Et quels pouvoirs ? demanda-t-il sur un ton de défi.

– Je n'en sais rien exactement, mais j'ai lu quelque part un article sur la théorie de la « télékinésie ». D'après l'auteur, il s'agirait de la capacité à se déplacer instantanément d'un endroit à un autre. Quand tu as vu le camion qui allait t'écraser, peut-être as-tu inconsciemment eu recours à un phénomène de ce genre pour te déplacer dans le temps et l'espace.

– C'est impossible, s'écria Goro. C'est complètement absurde ! D'abord ce n'est pas scientifique !

– Il y a beaucoup de choses qui arrivent et que la science ne sait pas encore expliquer, répliqua Masaru.

– Il n'y a même pas de preuve, cria Goro. Peux-tu m'apporter une preuve ?

Kazuko s'interposa.

– Oui, dit-elle. Ce soir, il y aura un tremblement de terre et ta maison risque de disparaître dans un incendie.

– Ne parle pas de malheur !

Attendons ce soir !

– Ma maison va brûler ? Tu es complètement folle !

Goro était hors de lui.

– C'est pourtant la vérité…

Kazuko était écartelée entre le regret d'avoir mis Goro en colère et la crainte de passer pour une menteuse si elle se rétractait.

– C'est complè… plè… plètement stu… stup… stupide…

Bredouillant de rage, Goro se leva brusquement et sortit de la pièce, furieux.

– C'est ma faute, dit Kazuko.

Masaru haussa les épaules.

– Ne t'inquiète pas, il n'est pas méchant,

mais trop soupe au lait. Nous verrons bien cette nuit si tu as raison ou non.

Goro ne revenait pas.

Masaru descendit le chercher.

Il était dans le vestibule en train de feuilleter les pages de l'annuaire du téléphone.

– Que fais-tu ?

– Je cherche le numéro des consultations d'un hôpital psychiatrique.

Masaru referma l'annuaire d'un geste sec.

– Arrête ! Tu trouves que Kazuko n'a pas assez d'ennuis comme ça ? Tu veux la faire enfermer !

– Tu vois bien ce qu'elle raconte, s'emporta Goro. Elle n'est pas dans son état normal ; si on ne la montre pas rapidement à un médecin, elle risque de devenir folle pour de bon !

– Tu n'as aucune preuve tangible qu'elle soit malade.

– Toute son histoire ne te suffit pas comme preuve !

– Et s'il y a un incendie et un tremblement de terre cette nuit ?

– C’est impossible !

– C’est ce que tu dis, moi je préfère attendre pour être fixé.

Masaru s’approcha de Goro et baissa la voix.

– Attendons déjà de voir ce qui va se passer cette nuit, et nous déciderons ensemble demain s’il faut la montrer à un médecin. D’accord ?

– D’accord, répondit Goro à contrecœur.

Rentrée chez elle, Kazuko fut incapable de rien avaler pendant le dîner ; non seulement le menu était absolument identique à celui de la veille, mais sa mère et ses petites sœurs reprenaient mot pour mot les mêmes sujets de conversation.

Kazuko avait l’impression d’assister à une mauvaise pièce de théâtre. Une seule fois, sa mère sortit de son rôle et innova en l’interrogeant d’un air soucieux.

– Je te trouve mauvaise mine. Y a-t-il quelque chose qui ne va pas ?

Elle n'eut pas, non plus, le courage de se mettre à ses devoirs. Il lui fallait renoircir les pages effacées de son cahier ; elle aurait pu les recopier en faisant un petit effort de mémoire, mais l'idée même de recommencer la hérissait.

Le mieux était de se coucher, tout en sachant que l'attente du tremblement de terre l'empêcherait de s'endormir.

Elle s'allongea donc tout habillée sur son lit et se mit à feuilleter le guide des concours d'entrée au lycée. En cette année de bachotage, elle aurait au moins gagné une soirée de farniente.

Au bout d'un moment, elle piqua du nez entre deux pages et s'endormit sans s'en rendre compte.

Un grondement sourd, suivi d'une secousse, la réveilla en sursaut.

Le tremblement de terre !

– J'avais raison.

Sa mère et ses sœurs sortaient de leurs chambres en criant.

– N'ayez pas peur ! leur dit-elle, cela va s'arrêter après la deuxième secousse.

Elle courut en direction de la maison de Goro. Le feu allait se déclarer dans la cuisine derrière l'établissement de bains ; même s'il ne s'agissait que d'un incendie sans gravité, il fallait prévenir les gens le plus vite possible.

Si elle avait été certaine que le feu avait déjà pris, elle aurait crié : « Au feu ! Au feu ! » mais, s'il n'y avait encore rien, que diraient les gens en la voyant provoquer un tel remue-ménage en plein milieu de la nuit ?

À la différence de la veille, la rue devant le bain public était déserte.

Des flammèches rouges et de la fumée blanche s'échappaient de la porte de derrière ; elle voulut crier, puis se retint de justesse en pensant que, vis-à-vis de Goro, ce n'était pas elle qui devait découvrir l'incendie.

En outre, comme il ne croyait pas un mot

de son histoire, n'allait-il pas l'accuser d'avoir elle-même mis le feu pour sauver la face ? Il ne manquerait plus que cela : passer pour une pyromane et être arrêtée par la police !

Elle frémit rien que d'y penser.

Mais alors, que faire ? Rester plantée sur place sans rien faire, à regarder le feu se propager et les flammes monter dans le ciel ?

Le pyjama

Heureusement, au même moment, Ginchan, le fils du marchand de riz, sortit du bain, sa cuvette et sa serviette sous le bras ; il resta un instant interdit en découvrant les flammes qui s'échappaient de la porte de la cuisine, puis se mit à hurler à tue-tête.

– Au feu ! Au feu !

Sa voix puissante était décuplée par l'affolement. Aussitôt, des volets s'ouvrirent, des portes claquèrent et les gens du quartier arrivèrent nombreux.

– Il faut appeler les pompiers !

– C'est fait, quelqu'un vient d'y aller !

– Où le feu a-t-il pris ?

– Dans la cuisine du bain public !

Les pompiers furent rapidement sur place et les policiers commencèrent à canaliser la foule des badauds ; Kazuko était stupéfaite de constater que tant de curieux pouvaient se réunir en si peu de temps.

Elle vit Goro qui se précipitait vers elle, le visage défait.

– Kazuko, ta prédiction s'est réalisée ! lui cria-t-il.

– Tu vois, elle nous avait dit la vérité, fit la voix calme de Masaru.

Elle ne s'était pas aperçue que celui-ci se tenait debout derrière elle. Elle se retourna et sursauta : il était en pyjama !

– Ce matin, ne m'as-tu pas dit que tu n'avais pas de pyjama ?

Masaru eut l'air un peu gêné.

– Oui… c'était exact jusqu'à ce matin : mais ce soir, au moment de me coucher, ma mère a sorti ce pyjama. Trouvant que mon nemaki était devenu trop petit, elle me l'avait acheté dans la journée.

Les deux garçons la dévisagèrent un long moment.

– Ainsi, tu as vraiment le pouvoir de prévoir l'avenir, fit Goro, admiratif.

Kazuko secoua la tête.

– Non, c'est autre chose, d'encore plus étrange. Je n'en reviens pas moi-même. En tout cas, quelle plaie !

– Comment ça ?

– Ce « pouvoir », comme tu dis, je m'en passerais volontiers ! Si ça continue, je vais encore faire un saut dans le temps, je ne sais même pas quand, et revenir en arrière. Rien qu'à l'idée de devoir recommencer à tout vous raconter…

– Ne t'inquiète pas, fit Goro avec force, je ne mets plus ta parole en doute, maintenant !

Masaru sourit.

– Non, mais hier tu mettais autant d'énergie à ne pas vouloir l'écouter…

Goro se renfrogna.

– Oui, mais… bon… enfin…

L'embarras de Goro ne fit pas sourire Kazuko.

– Ça ne me plaît pas du tout, ce qui m'arrive, je voudrais redevenir comme avant !

– Mais, reprit Goro, ce pouvoir de… comment dis-tu déjà ?

– De « télékinésie », souffla Masaru.

– … C'est quand même un pouvoir extraordinaire !

– Peut-être, mais si je dois être la seule à le posséder, je n'en veux pas ! Tenez, vous deux, déjà vous avez changé : vous ne me regardez pas comme avant, mais comme si je n'étais plus un être humain !

– Ne t'énerve pas, dit Masaru en souriant.

– Je m'énerve parce que c'est vrai ! cria-t-elle d'une voix hystérique. Quand les gens sauront, ils vont me regarder comme une bête curieuse !

– Attends une seconde, répliqua Masaru en essayant de la calmer. Tout d'abord, rien ne nous dit que tu « possèdes » un pouvoir spécial. Tu es revenue en arrière, c'est un fait, mais peut-être est-ce dû à un hasard extraordinaire qui ne se reproduira pas.

– Je l'espère. Mais si ça recommence…

Elle se mordit les lèvres.

L'incendie était éteint et les gens commençaient à rentrer chez eux. Ils décidèrent de remettre la suite de leur discussion au lendemain et se séparèrent.

Une fois dans son lit, Kazuko se mit à réfléchir.

J'ai besoin que l'on m'aide ; à qui demander conseil ? À un prof ? Lequel ? Y en a-t-il un qui sera prêt à m'écouter ? À me croire ?…

Elle s'endormit sans même s'en rendre compte.

Quand elle se réveilla, la pièce baignait comme d'habitude dans la lumière du matin. « Mon Dieu ! » Elle se redressa sur son lit.

Aujourd'hui, c'était le mercredi dix-neuf. Ce matin, elle allait être en retard, et se faire renverser par un camion en traversant au feu avec Goro !

Pourquoi n'ai-je pas pensé à le prévenir hier soir ? Comment ai-je pu oublier ?

Le camion fou...

Elle constata avec soulagement que Goro n'était pas encore arrivé au carrefour.

C'était normal puisqu'il « devait » être en retard.

Elle l'attendit devant le passage pour piétons ; plusieurs de ses camarades passèrent devant elle en lui jetant un regard intrigué. Qu'allait-elle répondre si quelqu'un lui demandait pourquoi elle restait plantée sur le trottoir au lieu de traverser ? Comment expliquer, sans passer pour une folle, que Goro risquait de se faire écraser par un camion !...

Elle aperçut alors avec inquiétude sa chère

voisine de classe, Mariko Kamiya, qui s'approchait.

– Qu'attends-tu donc pour traverser ?

Aïe ! se dit Kazuko.

Elle hésita une seconde avant de répondre.

– Hum ! j'attends Goro Asakura…

Ce n'était après tout que la stricte vérité, mais Mariko eut un petit sourire perfide.

– Goro ? Je pensais que tu préférais le beau Masaru…

Kazuko se sentit devenir écarlate ; Mariko était une vraie teigne, jalouse du trio qu'elle formait avec les deux garçons.

– C'est complètement ridicule !

– Ne te fâche pas ! dit-elle en lui donnant une petite tape sur l'épaule. Tu n'as pas à te justifier. En tout cas, ce n'est pas parce que Goro est en retard que tu dois l'être aussi !

Elle éclata de rire et s'engagea sur la chaussée. Quand elle eut disparu au coin de la rue, Kazuko donna un petit coup de pied rageur sur le sol.

Quelle langue de vipère, cette fille !

Elle vit enfin Goro arriver en courant. Le feu des piétons venait juste de passer au rouge ; il pila devant elle en soufflant comme un phoque.

– Salut ! Si tu ne te dépêches pas, tu vas être en retard...

Elle eut envie de répliquer que c'était à cause de lui qu'elle était en retard, mais elle se retint : le feu allait passer au vert d'une seconde à autre et il fallait trouver un moyen de le retenir.

– C'est souvent quand on est en retard qu'on se fait renverser par une voiture, dit-elle.

Il la regarda d'un air excédé.

– Quand finiras-tu de jouer les oiseaux de malheur ?

– J'ai pourtant raison, n'est-ce pas ?

– Oui, « maman », je vais faire attention !

– Ne te précipite pas dès que le feu change.

– Oui, oui, j'ai compris !

Le feu passa au vert.

Goro regarda sagement à droite et à gauche, puis il s'engagea sur la chaussée.

– Attends ! cria Kazuko dans son dos.

Un camion arrivait à toute allure au carrefour...

Goro n'eut que le temps de faire un bond en arrière.

– Mais il est fou !

Le camion le frôla, poursuivit un moment sa route, puis monta sur le trottoir dans un invraisemblable fracas de tôle et de ferraille.

Des passants hurlèrent.

Kazuko et Goro regardaient, pétrifiés.

Le camion envoya valser un gros bidon qui servait de poubelle et projeta une jeune femme sur le trottoir.

Le bidon faucha aux jambes un employé tandis que le camion finissait sa course folle dans la vitrine d'un magasin de vêtements, la faisant voler en éclats.

L'avant du camion était complètement défoncé, le pare-brise avait lui aussi éclaté et de la fumée commençait à s'échapper du moteur.

– Au secours !

Un homme, sans doute blessé aux jambes, sortit du magasin en rampant. Il était en sang…

À l'intérieur, des femmes hurlaient en demandant de l'aide.

Goro et Kazuko n'arrivaient pas à croire à la réalité de la scène qui se déroulait sous leurs yeux et restaient immobiles, interloqués.

Aussitôt des gens se précipitèrent, un attroupement se forma et l'on entendit bientôt les sirènes des ambulances et des voitures de police qui arrivaient.

Goro regarda Kazuko d'un air perplexe.

– J'ai l'impression que les catastrophes se succèdent sur ton passage.

– Que veux-tu insinuer? dit-elle d'un ton menaçant en le regardant droit dans les yeux.

Il battit prudemment en retraite.

– Ne te fâche pas! C'est l'accident qui te met les nerfs en pelote…

– Non, c'est toi!

Réalisant qu'ils étaient maintenant très en

retard, ils se mirent en route. En chemin, elle lui expliqua pourquoi elle l'avait attendu au carrefour.

– Si je ne t'avais pas arrêté au moment de traverser, à l'heure qu'il est…

– … nous serions tous les deux sous les roues du camion ? demanda Goro, abasourdi.

– Exactement.

Quand ils arrivèrent, le cours était déjà commencé. Monsieur Fukushima était au tableau : il les regarda d'un air mi-figue, mi-raisin.

– Alors, on arrive en retard en amoureux, maintenant ?

Toute la classe éclata de rire.

Voyant à leur visage blême qu'il s'était passé quelque chose, il n'insista pas et poursuivit sa leçon.

Une fois à leur place, ni l'un ni l'autre ne réussirent à fixer leur attention sur les explications du maître. Encore sous le choc de l'accident, Goro était comme hébété, tandis que Kazuko essayait en vain de déchiffrer les formules inscrites au tableau noir. Elle eut soudain une idée.

Pourquoi ne pas demander conseil à monsieur Fukushima ?

Elle le connaissait depuis sa première année de lycée. Il était à la fois gentil et compétent : il ne se moquerait pas d'elle et envisagerait l'étrange pouvoir dont elle était dotée d'un point de vue scientifique. Le mieux était sans doute d'aller le trouver accompagnée de Goro et de Masaru.

Elle leur en parla à la récréation et ils passèrent le reste de la journée à tenir de petits conciliabules à trois pour décider de la meilleure façon d'aborder le sujet avec le professeur. À chaque interclasse, ils se réunissaient dans le couloir et parlaient à voix basse, indifférents aux regards emplis de suspicion que leur lançaient leurs camarades.

Après le dernier cours, ils poussèrent timidement la porte de la salle des professeurs.

Par chance, le bureau de monsieur Fukushima

se trouvait dans un coin tout au fond de la grande salle : ils pourraient lui parler tranquillement sans craindre les remarques moqueuses et indiscrètes des autres professeurs.

Il était assis, plongé dans la lecture d'un magazine scientifique.

Ils s'approchèrent tous les trois ensemble.

– Monsieur, s'il vous plaît… dit Masaru.

Il releva la tête, surpris, les vit et eut son petit sourire habituel.

– Ne me dites pas que vous venez tout spécialement me présenter vos excuses pour votre retard de ce matin !…

– C'est lié d'une certaine manière à notre retard… dit Kazuko.

– … mais il s'agit en fait d'une affaire plus grave, poursuivit Masaru.

– Dans ce cas, asseyez-vous, dit le maître.

Il prit trois chaises, les installa autour de lui, leur fit signe de s'asseoir et alluma une cigarette.

– Je vous écoute, dit-il.

Ils avaient décidé que Masaru parlerait le premier.

Celui-ci se pencha légèrement en avant et prit la parole d'une voix très calme.

– Tout d'abord, nous voudrions vous demander de nous écouter jusqu'au bout sans rire ; c'est une histoire tellement invraisemblable que n'importe qui nous rirait au nez au bout d'une minute en nous traitant de rêveurs ou de farceurs. Nous ne savons vraiment pas quoi faire et c'est pour cette raison que nous avons choisi, finalement, de nous adresser à vous.

– Est-ce vraiment si grave ?

Le sourire un peu amusé qui éclairait le visage du maître avait disparu.

– Oui.

– Puisque vous me faites confiance, soyez rassurés ; je vous écouterai jusqu'au bout sans rire.

– Merci beaucoup, fit Masaru, soulagé.

Le plus dur reste à faire, pensa Kazuko.

Que va-t-il se passer s'il ne nous croit pas ?

– En fait, il s'agit de Kazuko Akiyama…

« *Time-leap* »

– Hum… je vois, dit monsieur Fukushima, une fois que Masaru eut achevé de lui expliquer en détail tout ce qui arrivait à Kazuko depuis quelques jours.

Il poussa un profond soupir et resta silencieux, pensif.

Kazuko le regardait, le cœur battant.

Croyez-moi, je vous en supplie ! Si vous ne me croyez pas, personne ne me croira…

Cette attente était insupportable. Elle allait se mettre à hurler.

– Est-ce que vous nous croyez, monsieur ? demanda finalement Goro, qui lui aussi était à bout de nerfs.

Le maître les regarda tous les trois attentivement et hocha doucement la tête.

– Bien sûr. Je vous connais suffisamment pour savoir que vous n'iriez pas monter un tel canular, et puis il me suffit de voir vos visages en ce moment pour être certain que vous me dites la vérité...

Il nous croit !

Kazuko se retint pour ne pas fondre en larmes ; elle sentit, à ses côtés, Masaru et Goro pousser un profond soupir de soulagement. Eux aussi respiraient : monsieur Fukushima les croyait !

Celui-ci restait cependant étrangement calme, comme perdu dans des pensées lointaines.

– Kazuko, lui demanda-t-il soudain, comment te sens-tu physiquement depuis que cela a commencé ? As-tu déjà éprouvé quelque chose de semblable avant ?

– C'est une sensation étrange, tout à fait nouvelle pour moi, que j'ai du mal à définir. Ça surgit en moi et provoque une sorte de déséquilibre.

– Quand cela a-t-il commencé ?

– Samedi dernier, après les cours, quand j'ai respiré cette espèce de produit chimique qui sentait la lavande dans la salle de travaux pratiques.

– Le jour où tu as cru voir une ombre noire dans la pénombre avant de t'évanouir ?

– C'est ça.

Le maître prit quelques notes dans son cahier et se plongea à nouveau dans ses réflexions.

– Est-ce que ce genre de phénomène étrange arrive de temps en temps ? demanda craintivement Goro. Même en l'ayant constaté de mes propres yeux je n'arrive pas à y croire !

– Oui. Sans avoir la netteté et l'évidence de l'expérience de Kazuko, plusieurs faits troublants ont été relevés à différentes reprises dans ce sens. Le 23 juin 1880, par exemple, dans une ferme du Kentucky, un certain David Lang s'est volatilisé devant sa femme, ses enfants et deux de ses amis. De même, une vingtaine d'avions ont disparu dans le célèbre triangle des Bermudes sans laisser la moindre trace. C'est pourquoi l'hypothèse d'un « *time-leap* », saut dans le passé ou le futur, a été avancée. Les récits de « sauts dans l'espace » de personnes disparues subitement et retrouvées à des milliers de kilomètres abondent également.

Retour à la case départ

– Si j'ai bien compris, dit Kazuko, j'ai vécu une combinaison des deux phénomènes : à la fois un « saut dans le temps » et un « saut dans l'espace »…

– Je ne vois pas d'autre explication. Au moment où le camion allait t'écraser, tu as eu le réflexe de vouloir échapper au danger. C'est ainsi que tu es revenue instantanément à la journée précédente, dans l'endroit où tu te sens le plus en sécurité, c'est-à-dire dans ton lit.

– Mais pourquoi suis-je dotée d'un tel pouvoir ?

Monsieur Fukushima hésita avant de répondre.

– À mon avis, c'est lié à ce produit que tu as respiré l'autre jour dans la salle de travaux pratiques. Cette odeur de lavande a provoqué une forme d'anémie partielle de ton métabolisme qui te permet de traverser le temps. Il faudrait en connaître la composition chimique. Mais toi-même, que penses-tu de ce pouvoir ?

– Je le déteste ! s'écria-t-elle. Je n'en veux pas, de ce pouvoir bizarre que je suis la seule à posséder !

– Je comprends très bien que tu n'aies pas envie d'être considérée comme une bête curieuse. Tu as raison…

Il lui sourit.

– J'ai une idée : tu vas utiliser ce pouvoir que tu n'aimes pas pour revenir dans la salle de TP, il y a exactement quatre jours…

– Pourquoi ? demandèrent ensemble Masaru et Goro.

Les yeux de Kazuko étaient gonflés de larmes.

– Mais… comment ?…

– En faisant un « saut dans le temps », bien

sûr! Tu as réussi une fois, il n'y a pas de raison que tu ne puisses pas recommencer.

– J'étais en état de choc devant le camion qui allait m'écraser...

Il l'interrompit.

– Je le sais, mais si tu analyses d'un point de vue psychologique et physiologique cet état de choc, tu devrais pouvoir commander et contrôler un nouveau «saut dans le temps».

Cette fois-ci, c'est Masaru qui avait l'air inquiet.

– Admettons qu'elle réussisse: que voulez-vous qu'elle fasse?

– Il faut qu'elle rencontre la personne qui travaillait dans la salle de travaux pratiques quand elle est entrée. Comme tout a commencé avec l'éprouvette cassée, la seule solution est de revenir à la case départ. C'est risqué, je le sais, mais il le faut.

Il la regarda droit dans les yeux.

– Je sais que tu en es capable, Kazuko!

Il a raison. Si je pouvais empêcher l'ombre noire

de préparer le produit de l'éprouvette, il ne se passerait rien de tout ce qui m'est arrivé depuis quatre jours...

– En tout cas, reprit Masaru, nous ne savons pas comment la faire revenir à cette fameuse case départ.

– Tu as raison, reconnut monsieur Fukushima, mais je compte sur Kazuko pour nous mettre sur la voie. Qu'as-tu ressenti exactement quand le camion est arrivé sur toi ?

– J'ai eu peur, c'est tout. Je ne me souviens de rien d'autre.

– Théoriquement, il faudrait recréer les conditions de cet instant précis.

– Rien que de repenser à l'accident de ce matin, auquel j'ai pourtant échappé, j'en ai la chair de poule ! dit Goro.

– Bien sûr, il n'est pas question de mettre Kazuko dans une situation dangereuse. Je vais y réfléchir...

Il se leva.

Les autres professeurs étaient tous partis et la grande salle était déserte.

Dehors, il faisait déjà noir.

– Il est grand temps de rentrer, dit monsieur Fukushima. Allons-y.

Ils franchirent ensemble le portail de l'école. Un vent froid s'était levé. Ils longèrent un immeuble en construction tout en continuant leur discussion.

– Si j'arrive à revenir quatre jours en arrière, dit Kazuko, je compte sur vous tous pour m'aider.

– Ce sera impossible, répliqua Masaru. Puisque rien ne sera encore arrivé, nous ne saurons rien, et même si tu essaies de nous expliquer la situation, nous ne te croirons pas.

– Surtout moi ! ajouta Goro en rougissant.

– Je suis donc condamnée à me débrouiller toute seule…

Kazuko baissa la tête, découragée. Soudain, monsieur Fukushima fit un brusque écart du côté de la chaussée.

– Attention, cria-t-il, une poutre en fer est en train de se détacher !

Goro et Masaru le rejoignirent aussitôt sur la chaussée.

Kazuko n'avait pas bougé…

Paralysées par la peur, ses jambes refusaient d'avancer.

Elle eut la vision de l'énorme poutre qui se précipitait sur elle…

Je vais mourir écrasée ! pensa-t-elle juste avant de plonger dans le temps.

Seule dans la nuit

Instantanément, elle sentit son corps flotter dans l'air, comme si une main invisible l'avait soulevée au-dessus du sol. Incapable de fuir sur la chaussée avec les autres, elle avait l'impression qu'une force intérieure prenait le relais de ses muscles défaillants.

La poutre !

Un voile noir tomba devant ses yeux, ses oreilles sifflèrent…

Elle n'entendit plus rien.

Quand elle reprit connaissance, il faisait nuit, et seule la pâle lumière des étoiles d'hiver éclairait le ciel. Pourtant, il y avait une heure à peine, le coucher de soleil faisait rougeoyer la ville…

– Monsieur Fukushima ! appela-t-elle.

Goro ?... Masaru ?... Elle réalisa qu'il n'y avait personne autour d'elle.

Les voitures avaient elles aussi disparu : plus une seule ne passait.

Elle était sur la chaussée, à l'endroit exact où elle avait si fortement désiré fuir. Sur le trottoir, aucune poutre n'était tombée !

Elle eut un sanglot et enfouit son visage dans ses mains.

La rue était déserte ; c'était le milieu de la nuit.

Elle comprit qu'elle était encore passée à travers les mailles du temps.

Elle releva la tête. Quelques reflets d'étoiles éclairaient la rue tandis que la silhouette noire des immeubles se détachait sur le ciel. Il faisait un vent glacial. Elle serra son cartable sur sa poitrine en grelottant.

La poutre n'est pas tombée ! Monsieur Fukushima a fait exprès de me faire peur pour que je saute dans le temps comme quand le camion a failli m'écraser... Mais alors, quelle heure est-il ? Je ne sais même pas quel jour nous sommes ! Si je suis dans le passé, combien de jours ai-je traversés ?

Elle se souvint de son cahier dans son cartable ; il lui suffisait de consulter les notes qu'elle avait prises pendant les cours pour vérifier la date.

Elle le sortit aussitôt et feuilleta fébrilement les pages à la lumière du réverbère : les notes qu'elle se souvenait avoir prises le jour même et la veille avaient disparu... Elle était donc revenue deux jours en arrière. « Aujourd'hui », c'était donc le lundi dix-sept au soir... à moins que ce ne fût déjà le mardi dix-huit au matin... Le vent glacial annonçait plutôt la journée du mardi.

Si c'est cela, je devrais être dans ma chambre, en train de dormir dans mon lit.

Elle blêmit et se releva brusquement.

Mais je dois y être ! Si je rentre à la maison, je vais me voir, dans mon lit, en train de dormir ! Est-il possible que j'existe en deux endroits différents ?...

Cette idée la fit frémir ; c'était absolument inimaginable, mais tout ce qu'elle vivait depuis quelques jours n'était-il pas inimaginable ?

Où pouvait-elle aller? L'idée de «se voir» chez elle l'affolait et, en même temps, elle ne pouvait rester dehors toute la nuit par ce froid. Elle risquait également d'être prise pour une adolescente en fugue et conduite au poste par une voiture de patrouille.

Le visage crispé, elle se retenait de pleurer.

Instinctivement, pourtant, ses pas l'entraînèrent vers son quartier. *En jetant un coup d'œil par la fenêtre, je pourrai vérifier si «l'autre» est dans mon lit…*

Tiraillée entre la répulsion que lui inspirait la pensée de son «double» et le besoin de savoir, elle marcha longtemps dans la nuit glaciale…

Arrivée devant chez elle, la porte de l'entrée principale était fermée. Elle fit le tour par-derrière, passa par la petite porte du jardin et s'approcha tout doucement de la fenêtre de sa chambre comme un cambrioleur. Le chien, heureusement, n'aboya pas.

Ne pouvant pas dormir dans le noir, elle avait l'habitude de laisser une veilleuse allumée toute la nuit à son chevet. Se hissant sur la pointe des pieds, elle jeta un coup d'œil à l'intérieur de sa chambre : la petite lampe était allumée… Elle regarda craintivement du côté de son lit…

Compte à rebours

Il était vide !

Elle poussa un profond soupir de soulagement. L'épreuve du dédoublement, au moins, lui était épargnée. Les draps étaient étrangement défaits, comme si quelqu'un venait juste d'y dormir…

Elle n'était pas au bout de ses peines : comment entrer dans la maison ? La fenêtre était fermée de l'intérieur et, maniaque comme elle l'était, sa mère n'avait certainement pas oublié de fermer les portes de l'entrée et de la cuisine.

Si elle appelait au milieu de la nuit pour qu'on vienne lui ouvrir, sa mère, qui la croyait dans son lit, aurait une attaque. Il faisait de plus en plus froid et elle tremblait de tous ses membres. Elle devinait avec envie la douce chaleur qui devait régner à l'intérieur de la maison ; la vapeur de la bouilloire posée sur le poêle se déposait en gouttelettes sur la vitre.

Je suis en train de geler sur place... Si seulement je pouvais entrer dans ma chambre !

Elle sentit son corps qui se soulevait doucement de terre ; elle reconnut le phénomène de lévitation qui s'était produit devant l'immeuble en construction et comprit qu'elle était désormais capable de traverser le temps à sa guise, par la seule force de sa volonté. La sensation que son corps plongé dans le vide remontait à la surface s'accentua : réunissant toute son énergie, elle se concentra mentalement sur sa chambre... Soudain, un voile noir tomba devant ses yeux, ses oreilles se mirent à siffler. Toujours consciente, elle se contracta et durcit ses membres.

L'instant d'après, elle cligna des yeux, aveuglée par la lumière. Elle était debout au milieu de sa chambre. Les rayons du soleil baignaient la pièce à travers les carreaux de la fenêtre, il faisait plein jour.

J'ai réussi ! Je traverse le temps comme je le veux !

Elle poussa un petit cri de joie mêlée de surprise qu'elle réprima aussitôt. Il ne fallait pas faire de bruit : elle ne savait même pas quelle heure il était. Était-ce le matin ou l'après-midi ? Que dirait sa mère si elle la trouvait ici alors qu'elle aurait dû être à l'école ?

Ce ne serait même pas la peine d'essayer de lui expliquer la situation, elle ne me croirait jamais.

Elle tendit l'oreille. Tout était calme dans la maison. Ni sa mère ni sa sœur n'étaient là. Cela lui laissait un petit peu de répit.

Il était évident qu'elle avait encore changé de jour. Le plus urgent était de vérifier la date afin d'éviter des impairs catastrophiques.

Elle avait toujours son cartable avec elle. Elle consulta son cahier : les notes allaient jusqu'au vendredi quatorze, ensuite, les pages étaient blanches.

Elle était donc revenue trois jours en arrière, au vendredi après-midi, après les classes.

Elle hésita.

À moins que ce ne soit le samedi quinze ? Pas l'après-midi, mais le matin : il n'y a rien dans mon cahier parce que je ne suis pas à l'école mais ici à la maison !

Était-ce vendredi ou samedi ?

Elle ne tenait plus en place : le calendrier ne lui apprenait rien et elle n'avait pas l'heure dans sa chambre.

Elle se faufila dans le couloir… La maison semblait vide… Elle s'approcha avec précaution du salon, où il y avait une pendule accrochée au mur.

Elle entrouvrit doucement la porte : il n'y avait personne. Le tic-tac de l'horloge marquait les secondes, il était dix heures et demie.

C'était donc samedi.

À l'école, le troisième cours de la matinée avait commencé. Elle retourna dans sa chambre chercher son cartable.

Il fallait absolument qu'elle aille à l'école. Aujourd'hui, c'était samedi, le jour où tout avait commencé. Après la classe, elle devait rencontrer celui – ou celle – qu'elle avait aperçu la première fois dans la salle de TP. C'était pour ça qu'elle était revenue.

Elle sortit discrètement de la maison.

Pourvu que je ne rencontre personne…

À nouveau dans la salle de TP

Elle arriva à l'école juste pour l'interclasse de onze heures. Cela lui permettrait au moins d'éviter d'avoir à expliquer son retard au professeur, mais à peine fut-elle entrée dans la classe que ses camarades l'entourèrent.

– Où étais-tu passée ? s'écria Mariko Kamiya.

– Comment cela ? fit Kazuko, étonnée de la voir toute pâle.

– Ne te moque pas de moi, en plus ! Tu as disparu en plein milieu du cours !

– Disparu ?

– Exactement, intervint Goro, tu as disparu sans prévenir ; tout le monde s'inquiétait, d'autant plus que personne ne t'a vue sortir. Même le prof sur son estrade n'a rien vu. On n'a pas entendu non plus la porte s'ouvrir…

– Je me suis pourtant assise à côté de toi, mais je ne me suis rendu compte de rien ! reprit Mariko d'une voix perçante.

Masaru, qui écoutait calmement derrière Goro, se mit aussi de la partie.

– Tu t'es volatilisée comme par magie.

Petit à petit, Kazuko comprit ce qui s'était passé. Le dédoublement étant impossible, lorsqu'elle revenait dans le passé, la première Kazuko disparaissait instantanément. Elle avait donc disparu de la classe au moment où elle-même arrivait dans sa chambre. Mais comment leur expliquer ? Goro et Masaru ne savaient encore rien ; l'événement qui expliquait la situation n'avait même pas eu lieu ! Il suffisait de les regarder pour comprendre qu'ils ne la croiraient pas.

– Où étais-tu passée ? Réponds !

Mariko semblait au bord de la crise de nerfs.

– Euh… je ne me sentais pas très bien… je suis allée aux toilettes…

– Aux toilettes ? Avec ton cartable et toutes tes affaires !

Kazuko réalisa qu'elle tenait toujours son cartable serré sur sa poitrine.

Elle fut sauvée par l'arrivée du professeur ; chacun regagna sa place et le cours commença. Kazuko sortit ses affaires, ouvrit son cahier et écouta pour la seconde fois madame Komatsu faire sa leçon.

Mariko et les autres semblaient l'avoir oubliée et personne ne lui posa plus de questions.

La fin des cours arriva. Monsieur Fukushima lui demanda de nettoyer la salle de sciences avec Goro et Masaru. Tout se déroulait comme « avant ».

Quand ils eurent terminé, un grand calme régnait dans l'école. On entendait de temps en temps le bruit d'une porte dans un couloir, tandis que de l'autre côté de la cour, dans la salle des fêtes, quelqu'un jouait une polonaise de Chopin.

– Laissez, dit-elle aux deux garçons, je me charge de la poubelle. Allez vous laver les mains.

– Vraiment ? Merci.

Les deux garçons se dirigèrent vers les lavabos. Kazuko entra dans la salle de TP.

– Elle nous traite comme des bébés, dit Goro à Masaru tout en faisant couler l'eau, tu as vu comme elle nous a ordonné d'aller nous laver les mains !

– Tu trouves… répondit Masaru, toujours un peu dans la lune comme à son habitude.

Goro retourna ensuite dans la classe chercher les cartables, tandis que Masaru allait dans la salle des professeurs prévenir qu'ils avaient fini leur travail.

Cachée derrière le paravent de la salle de TP, Kazuko attendait, le cœur battant. L'ombre allait-elle venir ?

Courage… Ne flanche pas au dernier moment…

Elle entendit la porte qui s'ouvrait. Quelqu'un entra.

Le voilà…

Quelqu'un. Qui ?

Elle décida de ne pas se montrer tout de suite. Était-ce un homme ou une femme ? Quelles que fussent ses intentions, la personne qui venait d'entrer était son ennemie : c'était à cause d'elle et de ses expériences bizarres que tout était arrivé.

Elle l'entendit qui ouvrait l'armoire des produits chimiques et en sortait des flacons, des éprouvettes et du matériel de laboratoire.

Attendons encore un peu… Il vaut mieux le prendre sur le fait, quand il ne pourra pas nier qu'il se livre à des expériences anormales…

En même temps, l'idée de sortir de sa cachette

la terrorisait. Le coupable se voyant découvert pouvait se jeter sur elle et elle n'aurait pas la force de résister. Elle sentit ses jambes fléchir.

Je n'aurais jamais dû venir seule…

C'était trop tard maintenant et, de toute façon, il n'y avait pas d'autre solution. Elle devait l'affronter seule.

L'ombre était capable de préparer une solution qui donnait le pouvoir inouï de traverser le temps et l'espace. Était-ce un génie, un fou ou un monstre ? En tout cas, elle, elle ne voulait pas de ce pouvoir qui la séparait de ses amis et faisait d'elle un être à part. Elle allait lui demander de lui rendre son état normal, mais accepterait-il ? Elle n'arrivait pas à s'imaginer le menaçant, le suppliant ou cherchant à l'amadouer.

Et si c'était impossible de changer quoi que ce soit ? Que vais-je devenir ?

Derrière le paravent, le bruit de verre des manipulations avait cessé.

C'est le moment !

Elle resta immobile, paralysée par la peur, incapable de faire le moindre mouvement.

Sors, montre-toi ! Maintenant. Il le faut : c'est ta seule chance… sinon…

Elle avait l'impression que ses membres étaient gelés ; ses muscles refusaient de lui obéir.

Tu n'es qu'une lâche, une poltronne, une…

Soudain, une voix l'interpella.

– Tu peux sortir, Kazuko, je sais que tu es là…

Cette voix… cette voix…

Elle n'arrivait pas à y croire. C'était impossible : cette voix si familière…

Elle sortit de derrière le paravent et s'approcha lentement de la table de travail.

– Masaru, c'est toi…

Debout devant l'armoire, Masaru Fukamachi la regardait en souriant. Il était très calme et avait dans le regard cet air un peu rêveur qu'elle lui connaissait depuis toujours.

Masaru…

Elle ne pouvait en douter : c'était bien lui qui était debout, là, devant elle.

– Dis-moi la vérité, lui demanda-t-elle, c'était toi, n'est-ce pas ? C'est toi qui as préparé le produit qui m'a donné ce pouvoir anormal…

Il y avait de la colère dans sa voix. Masaru avait vu tout ce qu'elle avait souffert sans intervenir. Elle se mit soudain à le détester.

– Oui, c'est moi, répondit-il, mais je n'avais pas l'intention de te faire du mal, crois-moi. Tout est dû à un malheureux concours de circonstances. Je vais t'expliquer pourquoi je n'ai rien dit.

Il s'arrêta, décontenancé par le regard furieux qu'elle lui lançait. De son côté, elle sentit les forces qui soutenaient sa colère l'abandonner.

– Je n'arrive pas à y croire… gémit-elle. Mais pourquoi ? Pourquoi ?…

Un sourire empreint d'une profonde gentillesse traversa le visage de Masaru.

Il y avait quelque chose de très adulte dans la façon dont il lui souriait ; il ne se donnait pas un genre par fanfaronnade comme les autres garçons de la classe… il était différent.

Elle réalisa soudain à quel point Masaru était différent.

– Qui es-tu ? lui demanda-t-elle.

Venu du futur

– Comment t'expliquer ?

Il se tourna vers elle, fit une légère pause, et commença à parler.

– C'est une longue histoire... Avant tout, je voudrais que tu me fasses confiance ; ce que tu as vécu ces derniers jours devrait te convaincre plus facilement que d'autres que je dis la vérité. Pour répondre à ta question en un mot, je suis venu du futur...

– Du futur... ? s'écria Kazuko.

Elle resta un moment ahurie, puis secoua la tête avec force.

– Je ne te crois pas !

– Je m'y attendais, dit-il très simplement.

– Tu délires… c'est de la science-fiction !

Et s'il ne plaisantait pas ? Non ce n'est pas possible…

– Tu es venu, bien sûr, dans une machine à remonter le temps, dit-elle en se forçant à prendre un ton ironique.

– Non, j'ai fait comme toi, j'ai traversé le temps et l'espace.

Il est sincère.

Elle sentit que les murs de la pièce se mettaient à tourner… ses jambes se dérobaient sous elle… Elle se ressaisit…

– Si tu ne me crois pas encore, écoute-moi comme si je te racontais un conte de fées. Puisque je t'ai entraînée malgré moi dans cette aventure, tu as le droit de savoir, mais ne compte pas sur moi pour te donner une explication plus rassurante. Je ne veux pas te mentir…

– Je t'écoute.

– Bien, mais d'abord isolons-nous ; je ne

veux pas prendre le risque que quelqu'un nous entende.

Il sortit de sa poche une sorte de petit émetteur dont il tira l'antenne.

– Que fais-tu ?

– J'arrête le temps. Voilà : il n'y a plus que nous deux qui parlons et bougeons… Regarde donc par la fenêtre…

Kazuko avait envie de pleurer.

Masaru parlait-il sérieusement ? Était-elle en train de devenir folle ?…

– Regarde, te dis-je, vite !

Comme elle restait sans bouger, il lui prit la main en souriant et la conduisit à la fenêtre.

Il avait les doigts extrêmement fins, comme ceux d'une fille.

Par la fenêtre, on voyait la route nationale qui passait devant l'école. Tous les véhicules étaient arrêtés au milieu de la chaussée : les bus, les camions, les voitures s'étaient immobilisés en pleine vitesse ! Sur le trottoir, les passants étaient figés au milieu d'un pas… Un chien, saisi dans sa course, flottait à une dizaine de centimètres au-dessus du sol. Plus exactement, ce n'étaient pas les gens, les chiens et les voitures qui s'étaient arrêtés, mais le temps.

Kazuko n'avait plus la force de réagir et restait placidement à contempler la scène comme s'il s'agissait d'un tableau.

– Le temps s'est arrêté, murmura-t-elle.

Tout était calme et silencieux. Plus aucun bruit ne venait de la rue.

– En fait, le temps continue sa marche ; c'est nous qui allons à reculons à la même vitesse : c'est pour cela que nous avons l'impression que tout s'est arrêté.

– Comment est-ce possible ?

– C'est grâce à cet appareil ; il a créé autour de nous un champ d'énergie qui nous a coupés du reste du monde. En réglant le réseau des barrières de forces, on peut, entre autres applications, se déplacer dans le temps.

– C'est trop compliqué pour moi.

– Cela ne fait rien, dit-il gentiment.

Il avait l'air heureux d'être avec elle.

La reprenant par la main, il la ramena vers l'intérieur de la pièce.

– Je vais tout te raconter, maintenant, lui dit-il. Depuis le début…

Les années 2600

– Les années 2600 marquèrent la fin d'une époque de l'évolution humaine. Grâce à l'utilisation pacifique de l'énergie nucléaire et aux progrès de la civilisation postindustrielle, les hommes avaient colonisé la Lune, Mars et les autres planètes du système solaire, mais ils s'étaient heurtés à un dramatique problème de transmission et d'acquisition du savoir. Le développement des connaissances scientifiques avait paradoxalement créé de nouvelles formes d'ignorance, non seulement en creusant l'écart entre les chercheurs et le reste de la population, mais également en faisant des chercheurs eux-mêmes des êtres divisés qui ne connaissaient que le domaine dans lequel ils étaient spécialisés. Les aménagements successifs du système scolaire (comme l'entrée à l'école dès la toute petite enfance) et l'augmentation du temps libre apportée par l'automatisation généralisée de la société n'avaient pas suffi pour suivre le rythme du progrès des connaissances. Les efforts pour acquérir une spécialité s'étalaient alors sur plusieurs dizaines d'années, et il n'était pas rare de finir ses études à quarante ou même à cinquante ans, ce qui reculait d'autant l'âge du mariage et de la naissance des enfants. Pour la première fois depuis des siècles, l'humanité dans son ensemble avait connu un vaste mouvement de dénatalité qui pouvait être l'amorce d'une décadence. Tous les chercheurs s'étaient attelés à trouver une solution à ce qui était devenu le problème numéro un : la transmission du savoir. Vers 2640, enfin, une meilleure compréhension des phénomènes subconscients ouvrit aux hommes une ère nouvelle en leur permettant d'apprendre pendant leur sommeil.

– Pendant leur sommeil ?

Kazuko l'écoutait, bouche bée, penchée en avant, comme une enfant qui écoute un conte de fées.

– Oui, pendant le sommeil, le cerveau humain est très réceptif et peut enregistrer une foule d'informations qu'il garde très facilement en mémoire. Tout le système d'éducation a été bouleversé de fond en comble : en commençant à trois ans, un enfant qui entre en sixième en sait autant qu'un professeur d'université d'autrefois. Moi-même…

Il s'interrompit, un peu embarrassé. Kazuko commençait à comprendre ce qu'elle avait ressenti face au sourire de Masaru.

– Mais quel âge as-tu ?

Il hésita une seconde avant de répondre.

– Onze ans.

– Quoi ?

Debout en face d'elle, il la dépassait d'une bonne dizaine de centimètres.

– Tu aurais donc quatre ans de moins que moi…

Gêné, il acquiesça d'un signe de tête.

– Dans le futur, nous connaissons une croissance beaucoup plus rapide et plus harmonieuse que la vôtre.

– Je ne savais pas que ma croissance manquait d'harmonie, merci ! dit-elle en regardant son corps de jeune fille en pleine transformation.

– Ne te fâche pas. Je veux simplement dire qu'en 2660 nous avons une nourriture beaucoup plus équilibrée que vous aujourd'hui, et cela a des conséquences sur notre développement psychique et physique. Les deux sont liés : nous n'avons pas envie d'être des surdoués en culottes courtes !

– En quelle classe es-tu… là-bas ?

– Je fais de la recherche dans le laboratoire de pharmacologie de l'université.

Pas étonnant que tu aies eu de bons résultats dans notre classe !

– Mais pourquoi es-tu venu dans notre époque ? poursuivit-elle. Et pourquoi dans notre école, avec nous ? N'as-tu pas l'intention de retourner dans le futur ?

Il coupa d'un geste le flot de ses questions.

– Un peu de patience, j'y viens !

Une étonnante confession

Masaru était né en 2649. Il appartenait à la génération qui avait bénéficié de l'enseignement intensif pendant les heures de sommeil et, à onze ans, il poursuivait ses études dans le laboratoire universitaire de pharmacologie. C'était une époque de grandes découvertes dans le domaine de la stimulation des forces jusqu'alors latentes de l'esprit humain. Les phénomènes de transfert, de télépathie et de télékinésie avaient été scientifiquement mis au jour et il s'agissait désormais pour les savants d'exploiter ces nouvelles données de la connaissance de l'homme.

Jeune chercheur très doué, Masaru s'était intéressé au problème encore mal connu du libre déplacement du corps humain dans la matière. Il avait eu l'idée de lier les deux notions de déplacement dans le temps et dans l'espace.

La translation spatiale venant d'être maîtrisée, il devait également être possible de franchir la barrière du temps. Ses analyses l'avaient amené à conjuguer les effets de deux composants : d'une part le *crocus gilbius*, utilisé dans la translation spatiale, et d'autre part de l'essence de fleur, *lavandula*, de lavande séchée. Après de nombreux tâtonnements, il avait mis au point une formule chimique dont les effets devaient permettre à l'homme de traverser le temps et l'espace.

Avant de publier le résultat de ses recherches, il avait voulu en faire d'abord l'expérience sur lui-même...

Masaru se gratta la tête.

– J'aurais mieux fait d'être moins impatient ! dit-il en riant.

– Tu as réussi à venir dans le passé, mais tu n'arrives pas à retourner dans le futur ; c'est bien cela ? demanda Kazuko.

– Exactement. Ne sachant pas trop quelle dose prendre, je n'en ai bu qu'un petit peu, suffisamment pour le voyage aller, mais pas assez pour le retour !

– Pourquoi ne pas en avoir emporté avec toi ?

– J'y ai pensé, mais je l'ai oublié…

– Toujours dans la lune !

– Non, ce n'est pas vraiment de ma faute : j'ai beaucoup hésité avant de choisir l'époque que je voulais visiter, puis, quand je me suis décidé pour cette période relativement paisible de l'histoire, j'ai aussitôt plongé dans le temps sans avoir celui de rien emporter…

Ses joues rosirent.

– Tu t'es donc inscrit dans notre école afin d'utiliser la salle de travaux pratiques…

– Et, quand tu es entrée à l'improviste, j'ai renversé l'éprouvette en cherchant précipitamment à me cacher. Il a suffi que tu respires les vapeurs de ma préparation pour être, toi aussi, capable de traverser le temps et l'espace.

– Si j'ai bien compris, les effets ne dureront pas…

– Non, ce n'était pas la peine de t'inquiéter comme tu l'as fait.

– Mets-toi à ma place, je ne savais pas ce qui m'arrivait ! As-tu réussi à en préparer pour toi ?

– Ça y est, c'est prêt, dit-il en montrant sur la table de travail une éprouvette emplie d'un liquide vert qui dégageait une vapeur blanche.

Kazuko fut soudain saisie d'un étrange soupçon.

– Mais pourquoi m'expliques-tu tout cela ? lui demanda-t-elle.

Il réfléchit avant de répondre.

– Il m'a semblé qu'avec tous les soucis que je t'ai causés tu avais le droit de savoir.

– De toute façon, pour toi ça ne change rien ; une fois que tu seras reparti dans le futur, j'appartiendrai définitivement au passé…

Il fixa le sol, embarrassé, puis, relevant la tête, il la regarda droit dans les yeux.

– Il y a une autre raison : je crois que je suis amoureux de toi.

Aimer, au futur et au présent

– Est-ce l'habitude, dans le futur, de livrer son cœur si directement ? demanda-t-elle d'un ton un peu moqueur.

Il avait beau être « étudiant » et « chercheur », il n'en avait pas moins quatre ans de moins qu'elle. Cela la rassurait.

– Tu aimes donc les filles beaucoup plus âgées que toi… poursuivit-elle sur le même ton.

– Ou plus jeunes de quelques siècles, répliqua-t-il.

Pour qui se prend-il ? Il s'imagine sans doute que je suis mentalement et physiquement moins « évoluée » que lui !

– Je ne suis qu'une fille d'aujourd'hui, dit-elle, c'est-à-dire à tes yeux une attardée dans le passé, qui n'a pas eu la chance d'avoir une croissance harmonieuse.

– Mais pas du tout! Si je ne te sens pas plus « vieille » que moi, c'est... c'est que... Comment dire?... C'est que j'ai vécu très sincèrement les moments passés dans la classe, à étudier et à rire ensemble avec toi et Goro. Je te sens très proche de moi, comme si je te connaissais depuis des années. C'est pourquoi je suis vraiment amoureux de toi.

Kazuko se sentit rougir, son cœur se mit à battre très fort. C'était la première fois qu'un garçon lui disait en face qu'il l'aimait.

Il n'y va pas par quatre chemins! Les jeunes du futur seront-ils tous comme lui? Suis-je en train de vivre mon premier roman d'amour?

Elle ne connaissait l'amour que par les romans à l'eau de rose que lisent les collégiennes; les affaires de cour entre garçons et filles de la classe étaient toujours restées, plus ou moins, un sujet de plaisanteries, de petites jalousies sans conséquences. Même quand Mariko s'était moquée d'elle à propos de Masaru et de Goro, elle n'avait pas imaginé un véritable amour possible avec un garçon de leur classe, tant il est vrai que les filles voient les garçons de leur âge comme de vrais enfants.

Pourtant, il est là, devant moi, à me déclarer son amour le plus sérieusement du monde...

Elle restait muette, désorientée, sans savoir que répondre.

– De... depuis... quand? demanda-t-elle machinalement, comme dans un rêve. Depuis le début?

– Je crois que oui. Mais... ajouta-t-il en souriant, cela ne fait guère qu'un mois que nous nous connaissons...

– Un mois! Que veux-tu dire? C'est impossible, nous sommes dans la même classe depuis deux ans... À l'école primaire, nous n'étions pas amis, mais je te connaissais de vue. Nous habitons dans le même quartier.

– J'ai oublié de t'expliquer...

– De m'expliquer quoi ?

– … Que j'ai modifié ta mémoire et celle de tous les gens avec lesquels je suis entré en contact.

– Comment cela ? fit-elle, incrédule.

– Je suis arrivé il y ajuste un mois. Afin de vivre parmi vous, j'ai dû m'inventer une vie imaginaire et la greffer sur vos mémoires.

– Tu veux dire que tous les souvenirs que j'ai de toi sont faux ? Et pas seulement moi, Goro, monsieur Fukushima, Mariko ?

– Oui. Tous les gens qui me connaissent.

– Mais pourquoi et comment as-tu fait ?

– C'est facile à comprendre. Quand tu dors, si l'on souffle à ton subconscient que tu es un oiseau, tu te prends pour un oiseau. J'ai utilisé une technique similaire, beaucoup plus sophistiquée, c'est tout. Il est d'ailleurs beaucoup plus facile de modifier la mémoire d'un groupe ou d'une foule que celle d'un individu, car il se produit une réaction en chaîne qui propage la conviction générale et la renforce.

– Cela ressemble à ce que monsieur Fukushima appelle un phénomène d'hypnose collective ? demanda-t-elle.

– Exactement. J'ignorais que cette expression existait déjà à ton époque. Je dois t'avouer que je n'ai eu aucun mal à insuffler ce que je voulais dans le cerveau de tes contemporains.

À tes yeux, nous ne sommes que de simples primitifs faciles à manipuler !

Ken Soghor, alias Masaru

– C'est ainsi que j'ai commencé à vivre parmi vous, à fréquenter l'école et à habiter chez ce couple…

– Quel couple ? demanda-t-elle avant de réaliser qu'il parlait de ses parents. Ce ne sont pas tes parents non plus ?

– Bien sûr que non. Ils n'avaient pas d'enfants et aimaient les plantes ; je les ai choisis parce qu'ils faisaient pousser dans leur jardin la lavande dont j'avais besoin pour retourner dans le futur.

Il se tourna vers l'éprouvette emplie de liquide.

– J'ai enfin réussi, le produit est prêt.

– J'imagine que tu ne t'appelles pas non plus Masaru Fukamachi…

– Tu as raison ; là-bas, je porte un autre nom.

– Comment t'appelles-tu ?

– C'est un nom qui va te sembler bizarre, répondit-il un peu gêné. Mon vrai nom est Ken Soghor…

– « Ken Soghor » ?

Elle le répéta plusieurs fois tout doucement.

– C'est un joli nom.

– Merci.

– Mais pourquoi ne m'as-tu pas parlé plus tôt ? Tu voyais bien dans quel état d'inquiétude j'étais !

– Quand tu t'es évanouie, j'ai pensé que des explications ne feraient que compliquer la situation et j'ai préféré attendre tranquillement que les effets se dissipent par eux-mêmes. Je n'avais pas prévu que tu sauterais dans le temps pour échapper au camion ni que tu déciderais de te lancer à ma poursuite jusqu'ici, mais, tu vois, je n'ai pas voulu te faire souffrir davantage et je suis venu à ton rendez-vous pour tout t'expliquer...

Kazuko avait l'impression que tous les éléments du puzzle commençaient à s'ordonner dans sa tête.

– En fait, poursuivit Masaru, je ne devrais pas te dire tout cela ; nous n'avons pas le droit de parler du futur aux hommes du passé.

– Pourquoi ?

– Pour éviter de « court-circuiter » le déroulement de l'histoire ; ça pourrait avoir des conséquences tragiques, non seulement pour vous mais également pour nous, qui dépendons du passé. Imagine si les gens savaient qu'il y allait avoir une nouvelle guerre...

– Ils feraient peut-être la paix !

– C'est théoriquement impossible et, de toute façon, nous ne voulons pas prendre le risque de déclencher une réaction en chaîne incontrôlable.

– Est-ce une règle absolue ?

– Oui.

– N’es-tu pas en train de l’enfreindre par le simple fait de me l’expliquer ?

– Nous avons même prévu les situations exceptionnelles comme celle-ci.

– Que veux-tu dire ?

– … Avant de repartir, je serai obligé d’effacer de ta mémoire tout ce que je t’ai raconté.

La mémoire effacée

Kazuko sursauta.

– Je me souviendrai quand même de toi ?

– Non, dit-il tristement, il faut que tu aies tout oublié après mon départ, jusqu'à mon existence. On ne me pardonnerait pas d'enfreindre la loi.

– Je ne le veux pas ! s'écria-t-elle.

Il va partir et tout va disparaître, nos jeux, nos discussions, ses premiers mots d'amour… même les traits de son visage vont s'effacer…

– Je ne veux pas t'oublier. Toi, tu te souviendras de moi, n'est-ce pas… Pourquoi serais-je la seule à être privée du souvenir de notre rencontre ? C'est trop injuste !

– Tu ne seras pas la seule. Tous ceux qui m'ont rencontré vont m'oublier. Il ne restera aucune trace dans les mémoires de mon bref passage dans votre époque.

Elle eut soudain un pressentiment.

– Quand comptes-tu repartir ?

– Tout à l'heure.

– Pourquoi si vite ?

– J'aimerais rester davantage mais je dois rentrer pour présenter mon mémoire à l'université.

Kazuko se pinça les lèvres.

– Ton brillant « futur » est bien plus important que notre petit « présent ».

– Ne crois pas cela ! Je préfère ton époque à la mienne : les gens sont gentils, vous prenez le temps de vivre et les contacts humains rendent tout cela plus facile… Goro est un ami formidable, j'adore monsieur Fukushima, « mes parents »… et puis… il y a… toi aussi… que je n'ai pas envie de quitter… Mais je dois partir et retourner dans le monde auquel j'appartiens. Mes travaux sur l'espace et le temps appartiennent au futur : je dois rentrer et publier le résultat de mes recherches...

Je ne veux pas que tu partes, je ne veux pas t'oublier !

– Je t'en prie, le supplia-t-elle, ne détruis pas mes souvenirs ; je ne dirai rien à personne, je te le promets ! Tu vas partir, n'est-ce pas ? Laisse-moi au moins te garder en secret dans le fond de mon cœur...

Masaru baissa la tête.

– C'est impossible. Essaie de me comprendre...

Je te comprends ; je ne veux pas que tu gardes de moi l'image d'une fille butée et malheureuse...

Elle sentit des larmes couler sur ses joues et sortit précipitamment son mouchoir. Elle avait honte de montrer si clairement ses sentiments. Retenant ses larmes, elle se ressaisit.

– Tu as raison, murmura-t-elle.

– Je dois y aller, dit-il.

Kazuko releva la tête et le regarda.

Je ne te reverrai jamais...

– Maintenant ?

– Oui.

Elle s'approcha de lui.

– Laisse-moi te poser encore une question, une seule. Est-ce qu'il te sera possible de revenir dans le passé ? Est-ce que tu reviendras me voir ?

– Je l'espère, mais...

Tout en parlant, il prit le petit émetteur sur la table et en rentra l'antenne.

– ... je ne sais pas quand...

Le monde autour d'eux reprit son cours ; on entendit le bruit de la rue et des voitures qui passaient sur la nationale.

– Promets-moi que tu reviendras !...

La silhouette de Masaru commençait à se dissiper. Elle reconnut l'odeur de lavande qui ouvrait une brèche dans le temps.

– Promets-moi ! cria-t-elle.

– Je te le promets, mais, ce ne sera pas Masaru qui reviendra ; je serai quelqu'un d'autre, de complètement nouveau pour toi... Quelqu'un d'autre...

La vapeur blanche qui sortait de l'éprouvette l'entoura. Kazuko s'écroula. Avant de perdre connaissance, elle eut la force de relever la tête.

– Non, je te reconnaîtrai, j'en suis sûre !

Un voile noir descendit devant ses yeux, elle retomba lentement sur le sol tandis que la voix de Masaru s'éloignait.

Adieu... adieu... adieu...

Un jour, quelqu'un…

– Kazuko ! cria Goro en entrant dans la salle de sciences naturelles. Rentrons, je t'ai apporté ton cartable.

Elle n'était pas là. Il jeta un coup d'œil dans la salle de TP et la vit étendue sur le sol.

– Kazuko !

La saisissant par les épaules, il essaya de la relever. Elle était trop lourde pour lui. Se retenant pour ne pas pleurer, il lui prit la main. C'était la faute de l'école si elle était épuisée : on n'avait pas idée de confier le ménage de tout l'étage des sciences à seulement deux élèves !

Il se releva et courut à la salle des professeurs. Monsieur Fukushima, heureusement, était encore là.

Ils la transportèrent à l'infirmerie, où elle reprit bientôt connaissance.

– Que s'est-il passé ? demanda-t-elle.

– Tu as eu un étourdissement dans la salle de TP, expliqua Goro.

Elle se rappela qu'elle y était entrée pour ranger les ustensiles de ménage.

– Vous n'étiez que deux pour faire le ménage ? s'étonna monsieur Fukushima.

– Oui, et vous voyez le résultat ! fit Goro d'un ton réprobateur.

– Je demanderai à ce que l'on nomme une équipe plus importante à partir de la semaine prochaine.

Depuis qu'il était retourné dans le futur, plus personne dans l'école n'avait le moindre souvenir d'un garçon nommé Masaru Fukamachi.

Il avait disparu de toutes les mémoires. Pour monsieur Fukushima, pour Goro et même pour Kazuko, Masaru n'avait jamais existé. La vie n'avait même pas eu à reprendre son cours normal puisqu'il ne s'était rien passé.

Il n'y eut pas d'incendie la nuit dans le bain public et le lendemain matin Goro et Kazuko se réveillèrent à temps pour arriver à l'école bien avant le passage du camion fou. Avant de les quitter, Ken Soghor avait veillé à ce qu'il se passât un peu moins que ce que le destin avait prévu pour ses amis. Eux, bien sûr, n'en savaient rien.

Kazuko n'avait pas seulement oublié Masaru ; toute trace de sa traversée dans le temps avait disparu.

Elle était redevenue une jeune fille ordinaire.

En allant à l'école, elle passe tous les jours devant un joli pavillon de style européen où vit un couple sans enfants. Dans le jardin, il y a une serre qui embaume la lavande quand on longe la haie…

La lavande de ce jardin est son parfum préféré, il la rend rêveuse, mélancolique et en même temps la vivifie.

Sur le côté du portail, il y a une plaque au nom de « Fukamachi », mais cela n'évoque pour elle aucun souvenir.

La fraîcheur capiteuse des fleurs de lavande, en revanche, pénètre au plus profond de son cœur. Elle s'arrête un instant.

Un jour, quelqu'un entrera dans ma vie. Qui es-tu ? Je te reconnaîtrai… Quand ? Je t'attendrai… Où ? Peu importe puisque je sais que tu viendras. Un jour, quelqu'un…